D1094888

Napí

funda un pueblo · Makes a Village

ANTONIO RAMÍREZ

ILUSTRACIONES • PICTURES BY

DOMI

TRADUCCIÓN • TRANSLATED BY

ELISA AMADO

LIBROS TIGRILLO GROUNDWOOD BOOKS HOUSE OF ANANSI PRESS

TORONTO BERKELEY

Puede ser que ustedes ya me conozcan. Me llamo Napí.

No hace mucho, aquí era una montaña. No había pueblo y estaba todo cubierto de altísimos árboles como los que se ven allá, del otro lado del río.

Maybe you know me. My name is Napí.

Not so long ago, this place where I live was just a mountain. There was no village. Very tall trees, like the ones you can see over there across the river, covered the whole land.

Muchas plantas de hojas grandes crecían bajo los árboles. Pero este lugar cambió mucho cuando fundamos el pueblo.

Les contaré.

Salimos de San Pedro Ixcatlán, donde siempre habíamos vivido, porque el gobierno iba a construir una presa. El agua taparía todas nuestras casas y también las de otras comunidades y rancherías.

Lots of plants with big leaves grew under the trees. But everything changed when we made our village here.

Let me tell you about it.

We left San Pedro Ixcatlán — where we had always lived — because the government was going to build a dam. Water would cover all our houses and other farms and villages, too.

Para convencer a la gente de abandonar sus casas, el gobierno prometió muchas cosas.

Recuerdo que algunas familias mazatecas, setenta y cinco personas en total, nos adelantamos. Después de navegar en lanchas por ríos y recorrer grandes tramos en tren y a caballo, de repente llegamos a este lugar, donde haríamos el nuevo pueblo.

To convince people to leave their homes, the government promised many things.

I remember that some Mazateca families, about seventy-five of us in all, went ahead. After going up rivers in boats, then crossing lots of land, first by train and then on horseback, we finally got here, where we would build our new village.

Los primeros en llegar preparamos el terreno para los que vendrían después.

The first to arrive prepared the land for those who would come later.

Era un lugar hermoso en la selva profunda. Un lugar tan salvaje que, al lado del manantial donde mis papás me mandaban a buscar agua, a veces veía…

It was a beautiful place, deep in the jungle and so wild that beside the spring, where my parents sent me to fetch water, I often saw…

…un jaguar echado sobre una gran rama. Parecía muy a gusto ahí, en lo fresco. Era una bella bestia, pero a mí me daba mucho miedo. Por eso, cuando iba por agua, primero espiaba el lugar para estar segura de que el jaguar no se encontrara ahí.

…a jaguar, lying on a big branch. It seemed to really like it there in the cool air of the spring. The jaguar was beautiful but I was scared of it. So whenever I was sent there I checked all around very carefully to make sure I wouldn't run into the huge beast.

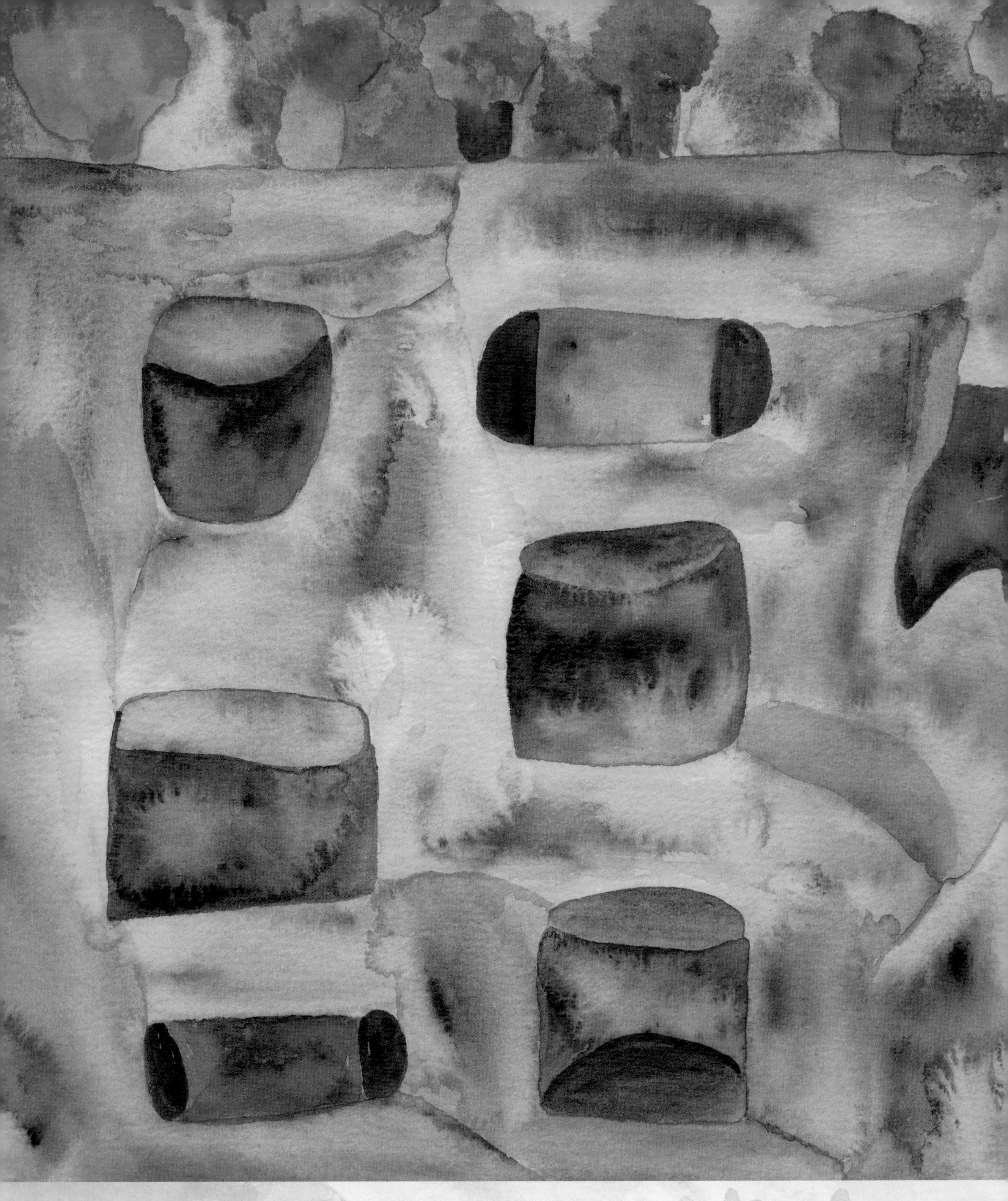

Me acuerdo bien de eso y también del momento en que mi papá, Namí, y los demás cortaron árboles y echaron lumbre para limpiar la montaña de los arbustos que quedaban. Quedó mucho terreno abierto. Al apagarse las últimas llamas me pareció muy raro ver que todo se había hecho gris. Este pedazo de mundo se había vuelto cenizas.

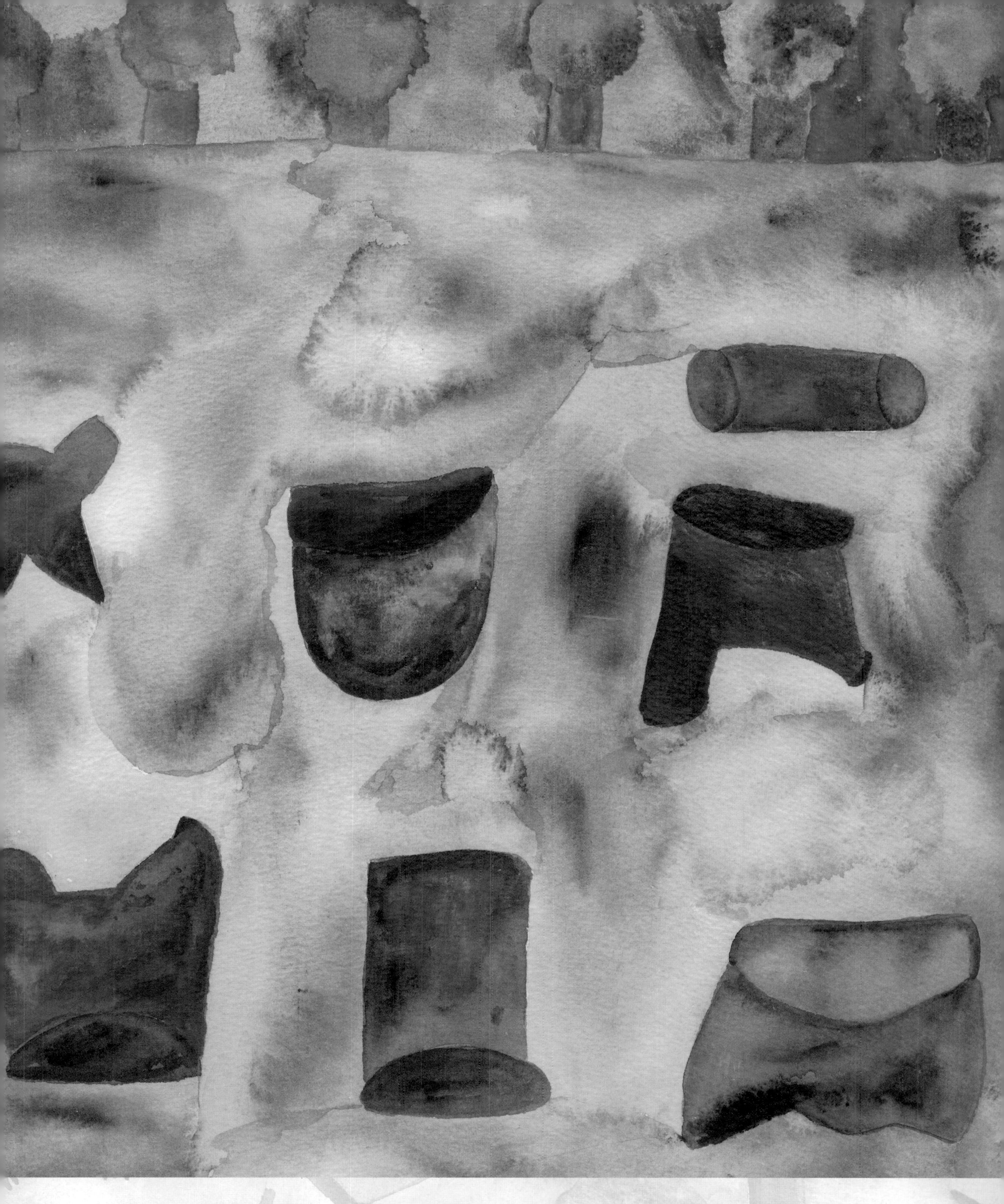

That is one of the things I remember very well. Another is what happened when my father, Namí, and the others cleared the ground by cutting down the trees. They burned away all the brush that was left. When the fires died down, it was very strange because everything was gray. This piece of the world had turned into ashes.

También el sol, entre tanto humo, se veía blanco y opaco. Era como si el fuego le hubiera robado vida al mundo, o como si los dioses no hubieran inventado todavía los colores.

Even the sun, amidst all the smoke, was white and dull. It seemed like the fires had stolen life from the world, or as though the gods had not yet invented colors.

Al observar a mi alrededor miré a Niclé, mi hermano. Estaba todo cubierto de tizne. ¡Me dio tanta risa verlo así! Parecía un niño de piedra.

"Niclé Cenizas", le dije.

Él, en una sonrisa, mostró sus dientes blancos como la luna.

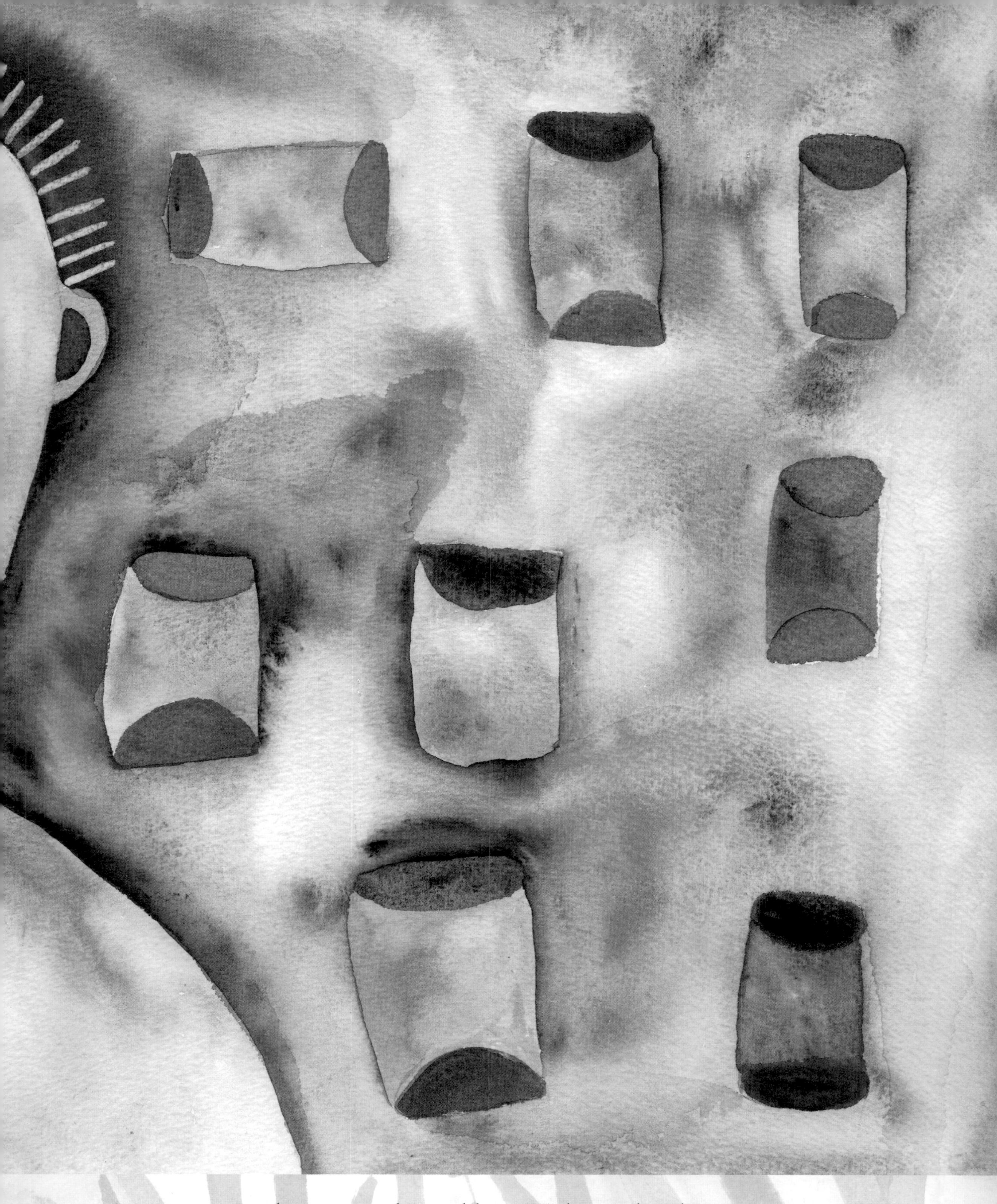

Looking around I could see Niclé, my brother. He was covered in soot. He looked like a stone doll. I laughed really hard.

"Ashy Niclé," I said.

His teeth were as white as the moon.

En aquellos tiempos no había caminos por estos lugares. Cada domingo, mi papá se iba caminando por la orilla del río hasta una población lejana donde se paraba el tren. Allí compraba arroz, frijol, manteca, azúcar, sal y muchas cosas más para alimentarnos. Salía antes de que amaneciera y volvía al anochecer. Estábamos haciendo nacer a Nuevo Ixcatlán, y eso nos exigía sacrificios.

In those first days there were no roads in this place. Every Sunday my father walked along the river to a faraway town. A train stopped there so he could buy rice, beans, lard, sugar, salt and lots of other things to eat. He would leave before dawn and come back as the sun was going down. We were giving birth to Nuevo Ixcatlán, and that meant we had to make sacrifices.

¡Ay! pero ahora les contaré una desgracia. Sí, una desgracia, porque aunque soy una niña que casi siempre está contenta, a veces me puedo sentir triste y asustada. Les platico, pues.

Cuando llegó el tiempo de la primera cosecha, Niclé y yo cortábamos arroz mientras mi papá le ponía la montura al caballo del otro lado del campo.

Ay! But now I'm going to tell you about a misfortune. Yes, a misfortune. Even though I'm a girl who is usually happy, sometimes I can feel terribly sad and frightened. Here is the story.

When it was time for the first harvest, Niclé and I were cutting rice while my father was saddling the horse on the other side of the field.

De repente oímos unos ruidos extraños y notamos que el arrozal se agitaba por ese lugar, como si estuviera pasando un remolino. El caballo daba coces, como endemoniado, pero no podíamos ver a mi papá.

We suddenly heard strange sounds and noticed that the rice was waving around where my father was, as though a whirlwind had passed through. The horse was jumping like it was being chased by demons, but I could not see my father.

Corrí hasta ahí a ver qué sucedía. Mi namí estaba tendido en el suelo, lo había pateado el caballo. Sangraba por detrás de una oreja y tenía un chichonzote enorme en la cabeza. ¡Me asusté tanto al verlo así!

I ran over. There he was, Namí, lying on the ground. The horse had kicked him. He was bleeding behind one ear and had a huge lump on his head. I was so scared to find him like that.

Agarré la soga y amarré el caballo a un árbol. Le encargué a mi hermano que cuidara a Namí y corrí —¡casi volé!— hacia el pueblo para avisarle a Naá, mi mamá.

I grabbed the bridle and tied the horse to a tree. I told my brother to take care of Namí. And then I ran — I almost flew — to the village to tell my mother, Naá.

Ella me mandó a avisarles a mis tíos y ellos fueron muy rápido al terreno donde estaba mi papá. Llevaban una hamaca, donde lo acostaron y cargaron hasta el pueblo.

She sent me to fetch my uncles and together we ran back to the field where my father was lying. They brought a hammock and laid him on it and carried him to the village.

Niclé y yo los seguimos. Íbamos llorando, pensando que mi padre había muerto; las lágrimas apenas nos dejaban ver la vereda. Pero cuando me di cuenta de que lo llevaban a la pequeña clínica que habíamos construido, me dije: “Si estuviera muerto, no lo llevarían ahí”. Entonces me sentí un poco mejor, aunque seguía asustada.

Niclé and I followed. We were crying so hard, because we thought my father was dead, that we could hardly make out the path. But when I realized that they were taking him to a little clinic we had built, I said to myself, “If he was dead, they wouldn’t take him there.” So I felt a bit better, though I was still scared.

Tal vez ustedes no lo sepan, pero yo sueño mucho. Aquella noche soñé que yo era el jaguar que descansaba en la rama del árbol, junto al pozo. Niclé estaba también en mi sueño. Él seguía siendo él, aunque era Niclé Cenizas.

Maybe you don't know this, but I dream a lot. So that night I dreamt that I was the jaguar from the spring that used to lie on the branch of the tree. Niclé was also in my dream. He was still himself, but he was Ashy Niclé.

Temíamos que mi papá muriera por causa de la patada que recibió. Me daba tanta rabia que quería vengarme del caballo. Ya estaba por irme a buscar a la pobre bestia para matarla y comerla, cuando recordé…

We were afraid that my father might die because of the horse's kicks. I felt so angry I wanted to take revenge on that horse. I was about to set off to find the poor animal to kill it and eat it, when I remembered…

…unas palabras que mi abuelo le había dicho a Namí cuando estaba por irse a los Estados Unidos a buscar trabajo. Namí se daba cuenta de que las tierras que habíamos dejado atrás en el viejo pueblo eran buenas para sembrar y que el mal gobierno nos había dado a cambio un pedregal.

Mi abuelo le dijo entonces: “Para los indios, lo mejor es resistir, mantenernos vivos y unidos. No te vayas”.

…some words that my grandfather said to Namí when he was about to go to the United States to find work. Namí realized that the lands we'd left behind were good for growing things, while the new lands that the bad government had given us were all stony.

But my grandfather said, "For us Indians, the best thing to do is to resist, to stay alive and to stay together. Don't go."

Aquellas palabras me hicieron pensar en lo importante que es mantenernos vivos; entonces decidí hacer otra cosa. Le dije a Niclé que me siguiera y, en medio de la noche, entramos en silencio al pueblo y fuimos a la clínica.

Those words reminded me that what mattered most was to stay alive, so I decided to do something different. I told Niclé to follow me, and in the middle of the night we crept into the village and went to the clinic.

Todos estaban dormidos ahí. Me acerqué a mi papá y le empecé a lamer la herida y el chichón. Niclé, con la boca abierta, nomás me miraba.

Everyone was asleep. I licked my father's cut and the lump on his head. Niclé, open mouthed, just watched me.

Por la mañana, desperté en mi cama y sacudí a mi hermano.

"Vámonos a la clínica", le dije.

In the morning I woke up in my own bed and shook Niclé.

"Let's go to the clinic," I said.

Al llegar allá, Namí estaba fuera de peligro y bebía su pozol. Mi Naá y mi abuelo, sentados a su lado, sonreían, como yo.

Estas son las cosas que recuerdo de cuando ayudé a construir nuestro nuevo pueblo.

When we got there, Namí was out of danger and was drinking his pozol. My naá and my grandfather were sitting beside him. They had great big smiles on their faces, just like mine.

And these are the things that I remember about the time when I helped to make our new village.

Mazatecas: pueblos indígenas de la región de Oaxaca, México.
Naá: mamá en lengua mazateca
Namí: papá en lengua mazateca
Pozol: bebida indígena hecha a base de maíz

Mazatecas: indigenous people from the region of Oaxaca, Mexico
Naá: mother in the Mazatec language
Namí: father in the Mazatec language
Pozol: indigenous drink made from corn

Published in Canada and the USA in 2010 by Groundwood Books

Groundwood Books / House of Anansi Press
110 Spadina Avenue, Suite 801, Toronto ON M5V 2K4
or c/o Publishers Group West
1700 Fourth Street, Berkeley, CA 94710

We acknowledge for their financial support of our publishing program the Canada Council for the Arts, the Government of Canada through the Canada Book Fund (CBF) and the Ontario Arts Council.

Library and Archives Canada Cataloguing in Publication

Ramírez, Antonio
Napí funda un pueblo / Antonio Ramírez ; ilustraciones, Domi ; traducción, Elisa Amado = Napí makes a village / Antonio Ramirez ; pictures by Domi ; translated by Elisa Amado.

Text in Spanish and English.
ISBN 978-0-88899-965-8

1. Mazatec Indians–Juvenile fiction. I. Domi II. Amado, Elisa III. Title.
IV. Title: Napí makes a village.

PZ73.R2583Naf 2010 j863'.7 C2009-904496-X

The illustrations are in watercolor.
Design by Michael Solomon
Printed and bound in China